ESTE LIBRO CANDLEWICK PERTENECE A:

_____

_____

_____

For Emily, who walked the whole way with me
J. D.

For Julia, a friend of the heart
E. B. G.

Text copyright © 2017 by Julia Denos
Illustrations copyright © 2017 by E. B. Goodale

First edition in Spanish 2021

Library of Congress Catalog Card Number pending
ISBN 978-0-7636-9035-9 (English hardcover)
ISBN 978-1-5362-1166-5 (English paperback)
ISBN 978-1-5362-1597-7 (Spanish hardcover)
ISBN 978-1-5362-1598-4 (Spanish paperback)

20 21 22 23 24 25 APS 10 9 8 7 6 5 4 3 2 1

Printed in Humen, Dongguan, China

This book was typeset in Berling.
The illustrations were done in ink, watercolor, letterpress, and digital collage.

Candlewick Press
99 Dover Street
Somerville, Massachusetts 02144

www.candlewick.com

VENTANAS

Julia Denos   ilustraciones de E. B. Goodale

traducción de Georgina Lázaro

CANDLEWICK PRESS

Al final del día, antes de que el vecindario se vaya a dormir,
puedes mirar desde tu ventana…

y ver más ventanitas iluminadas
como ojos en el crepúsculo,

parpadeando despiertos a medida
que las luces se encienden en el interior:
un barrio de faroles de papel.

Puedes salir a dar un paseo
hacia el anochecer.

Puede que te cruces con un gato

o con un mapache tempranero

tomando un baño
en cuadrados de luz amarilla.

Una ventana podría ser alta,
con las cortinas cerradas

o pequeña, con una
fiesta adentro.

Entre dos ventanas
podría haber un teléfono para
intercambiar buenas ideas.

Podría haber un abrazo

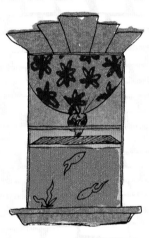

o un piano,

y alguien podría estar aprendiendo a bailar.

Otra ventana podría estar oscura
con una o dos plantas dormidas,

o tal vez iluminada y redonda
como la luna.

Algunas ventanas mostrarán una cena o la tele.

Otras estarán vacías
y te dejarán que las llenes
de historias.

Entonces llegas a casa otra vez
y miras hacia tu ventana desde afuera.
Alguien a quien amas te está saludando

y no puedes esperar para entrar.

Así que entras.

Julia Denos es la ilustradora de varios libros para niños, incluyendo *Grandma's Gloves* de Cecil Castellucci y *Just Being Audrey* de Margaret Cardillo. Además, es la autora e ilustradora de *Swatch: The Girl Who Loved Color*. Sobre *Ventanas* dice: «Cuando era estudiante y vivía en Somerville, Massachusetts, acostumbraba caminar por mi vecindario justo antes de que el día se convirtiera en noche. Pasaba por delante de muchos tipos de ventanas que me mostraban imágenes de toda clase de vidas, conectando la mirada de una calle a la otra como una especie de constelación de estrellas. Las ventanas eran mundos encendidos que me atraían mientras me recordaban mi hogar. Me encanta la idea de estar afuera y estar adentro, y sentirme acogida en ambos lugares a la misma vez». Julia Denos vive en Quincy, Massachusetts.

E. B. Goodale es diseñadora e ilustradora, con una larga trayectoria en papelería. Este es su primer libro ilustrado. Sobre *Ventanas* dice: «Las ilustraciones de este libro le rinden homenaje al encanto de un atardecer otoñal, usando mi vecindario en Somerville, Massachusetts, y a los niños de mi calle, como inspiración. Vivo en una comunidad vibrante, con mucha gente y de una arquitectura muy variada, lo que hace que el lugar donde vivo sea el escenario perfecto para una historia tan tierna. Este libro es un tributo a mi pequeña ciudad, ecléctica y maravillosa».